伊索寓言繪本系列

# 北風和太陽

圖文：傑姆·梅班克

翻譯：薛慧儀

園丁文化

園丁文化

伊索寓言繪本系列
北風和太陽

圖　　文：傑姆・梅班克
翻　　譯：薛慧儀
責任編輯：容淑敏
美術設計：許鍩琳
出　　版：園丁文化
　　　　　香港英皇道 499 號北角工業大廈 18 樓
　　　　　電話：（852）2138 7998
　　　　　傳真：（852）2597 4003
　　　　　電郵：info@dreamupbooks.com.hk
發　　行：香港聯合書刊物流有限公司
　　　　　香港荃灣德士古道 220-248 號荃灣工業中心 16 樓
　　　　　電話：（852）2150 2100
　　　　　傳真：（852）2407 3062
　　　　　電郵：info@suplogistics.com.hk
印　　刷：中華商務彩色印刷有限公司
　　　　　香港新界大埔汀麗路 36 號
版　　次：二〇二二年十一月初版

© 2022 Ta Chien Publishing Co., Ltd
香港及澳門版權由臺灣企鵝創意出版有限公司授予

ISBN: 978-988-7625-18-6
© 2022 Dream Up Books
18/F, North Point Industrial Building, 499 King's Road, Hong Kong
Published in Hong Kong SAR, China
Printed in China

## 前言

《伊索寓言》相傳由古希臘人伊索創作，結集了來自世界各地的故事，約三百多篇。

《伊索寓言》對後代歐洲寓言的創作產生了重大的影響，不僅是西方寓言文學的典範，也是世界上流傳得最廣的經典作品之一。

《伊索寓言繪本系列》精心挑選了八則《伊索寓言》的經典故事。這些故事簡短生動，蘊含了深刻的道理，配以精緻細膩的插圖，以及簡單的思考問題，賞心悅目之餘，也可以啟發孩子和父母思考。

編者希望此套書可以給孩子真、善、美的引導，學習正確的待人處事方法。以此祝福所有孩子能擁有正能量的價值觀。

## 故事簡介

《北風和太陽》這個故事告訴我們，比起強硬的手段，採用溫和的方式更容易真正達到目的。

太陽和北風進行比賽：誰先讓旅人脫下斗篷，誰就獲勝。寒冷的北風用力呼呼地吹，卻讓旅人更拉緊斗篷，反而是溫暖的太陽，溫和地緩緩照着旅人，贏得了這場比賽。

太陽與北風在吵架。

「我比你厲害！」太陽喊着。

北風不滿地大吼：「才怪，我比較厲害！」

接着，太陽與北風往下看見一位旅人。

太陽想到一個很好的主意。

太陽與北風一起往下看着那位旅人。

太陽向北風提議：「誰先讓這個人脫下斗篷，誰就最厲害！」

13

北風對着旅人用力呼呼地吹，刺骨的寒風無情地吹在他身上。

旅人完全沒有脫掉斗篷的跡象，北風
簡直氣壞了！

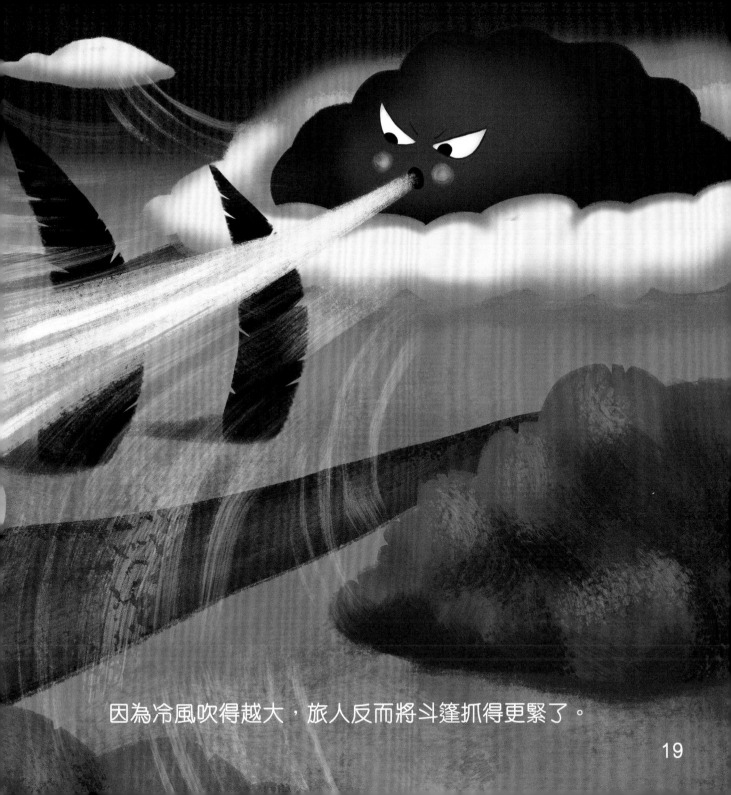

因為冷風吹得越大，旅人反而將斗篷抓得更緊了。

「讓我來試試吧！」太陽說。

太陽將温暖的陽光緩緩地
照在旅人身上。

天氣開始暖起來了，於是旅人
將斗篷披在肩上。

隨着陽光越來越熾熱，旅人不得不停下腳步，暫時休息。

太陽讓旅人實在熱得受不了，他
只好將斗篷脫下，躲在樹下休息。

北風用強硬的手段失敗了，太陽用溫和堅定的手法
卻成功了，你說是不是很有趣呢！

# 思考時間

1. 北風的方法為什麼會失敗？
2. 你認為太陽的本領真的比北風厲害嗎？ 為什麼？

# 作者介紹

　　傑姆·梅班克（Jem Maybank）熱愛動物，特別是鳥兒。她的創作靈感來自於小時候的繪畫，因為她從未擁有過在書本和電視上看到的異國動物。

　　她的風格靈感來自於本世紀中期兒童書中，那些細膩的筆觸和細微的紋理，而她的作品總會包含大自然的元素。

　　她在英國林肯完成了插圖學位課程。當她不在工作室裏挑燈夜戰的時候，喜歡在運河邊跑步。